念远集

徐碧 著

上海社会科学院出版社

目录

辑一　海风为我指引通往蔚蓝的路

我总爱在黄昏里抽烟………… 3

我曾无数次幻想海边的生活………… 5

那些在暮色中的芦苇………… 6

就要被一种空旷的诗意拉扯………… 8

八月的灰烬………… 9

不，我不会当你是空气………… 10

月光十四行………… 11

海风为我指引通往蔚蓝的路………… 12

今夜的月光………… 13

首肯………… 14

野外………… 15

我那心中的"海盗"………… 16

我不止一次地走向宁波的落日………… 17

至少………… 18

夜莺与杜鹃………… 19

致青年的一首诗………… 20

带鱼养殖场之歌………… 22

再见，秋天………… 23

致银杏………… 25

趁着………… 26

像江南的风一样………… 27

海边冬日………… 28

在冬日的海边………… 29

秋天………… 30

文艺青年………… 31

进城………… 32

深秋微凉………… 33

弹琴………… 34

十月的赞美诗………… 35

辑二　在厨房的烟火味里

这些年来………… 39

都什么时候了………… 41

冬日断章………… 42

不时地………… 43

秋思………… 44

从此，舞台苍茫………… 46

秋天长短句………… 47

夜观天象，宜熬夜……… 50

在这样晦暗不明的夜晚……… 52

湖边一棵树……… 53

海上的梦话……… 54

岸上所见……… 56

在七月的夜里……… 57

雨中看花记……… 58

历史证明……… 59

此山……… 60

一个人总爱在夜里捣鼓星星……… 61

世界诗歌日……… 62

梨花一瞬……… 63

中年以后……… 64

种下一棵海棠……… 65

春日迟迟……… 66

在厨房的烟火味里……… 67

春日……… 68

对着月亮抽烟是一种罪恶……… 69

踏血寻梅……… 71

年终素描：点灯……… 72

恰如春风……… 73

夜半三更……… 74

哦，我的两三支……… 75

在自家的院子里............ 76

深山............ 77

发呆久了............ 79

谈艺录............ 80

辑三　从星辰大海到油条豆浆

从星辰大海到油条豆浆............ 83

又见山水............ 84

深秋的那些个星辰............ 86

海边梦............ 87

云十四行............ 88

院子............ 89

只有诗歌里的玫瑰，是不够好的............ 90

白石山记............ 92

桃花扇............ 94

正是乍暖还寒时候............ 96

眼前的江南............ 98

辑四　临暗之歌

在这里............ 103

下午，看山看水............ 104

世界的很多地方............ 105

秋声收紧............ 106

海边………… 107

消息树下………… 109

请大声讲出秋日的美好………… 110

秋天自有秋天的诗………… 111

那个朋友圈………… 113

诗………… 114

如今，我已不在乌云的中心………… 115

窗外的这些白云………… 116

从越地到吴地………… 117

现在，就让我们………… 119

那些阳光月光的问题………… 121

临暗之歌………… 122

窗外………… 123

瞧，月光已经把我晒黑了………… 124

如此安静，安静得仿佛已经来到了天外………… 126

在海边（一）………… 128

在海边（二）………… 130

在海边（三）………… 131

在这里………… 132

远远地，看了远远一眼………… 133

大师进山装水………… 134

我所写的大海………… 136

雨后………… 138

夜观天象………… 140

误入北漳………… 142

春天嘛，就是这个样子………… 143

无论………… 144

白云十四行………… 145

辑五　松涛记

这一点点的乌云………… 149

黑暗之中，若有所诗………… 151

这时候………… 152

负责………… 153

此时此刻………… 154

夜行军………… 155

通过大海………… 157

那些在海底的雪………… 158

每天午后………… 160

话说回来………… 162

春雷阵阵………… 164

从城里回到乡下………… 166

不灿烂的星空………… 168

第一波的春天………… 170

清晨或者黄昏………… 172

春风不得意………… 173

春天的抒情………… 174

绿茶红茶………… 175

前半夜,后半夜………… 177

海边………… 179

纪念日………… 181

院子和海岛………… 183

这些年来………… 185

夜晚短诗………… 186

松涛记………… 187

月光与灯光………… 188

黄昏的时候………… 190

此刻………… 191

辑一
海风为我指引通往蔚蓝的路

我总爱在黄昏里抽烟

我总爱在黄昏里抽烟
对着金丝穿插的夕光
这会是多么安宁的时刻
仿佛我和万事万物一起
陷入了万劫不复的消逝

此刻万籁就要寂静
连晚风也失去了吹动的声音
这个就要进入暮色的地方
也暂时忘记了忧愁
远山不知不觉画出了黑暗的线条

而在我不为人知的内心里
有一株思想的芦苇却不肯弯下它的腰
并不放肆的诗意归还给了大地
我就要向晦暗的深夜踱步而去
做一个星空忠诚而沉默的情人

从黄昏到深夜是个很漫长的历程
可以容纳下诸多无迹可寻的变奏
如同在我的诗歌里面
总是在轻轻地喟叹时日的无常
偶尔牵扯草木的一经一纬

我曾无数次幻想海边的生活

我曾无数次幻想海边的生活
在多雨的南方海上的云低沉
它们总是紧贴着远处的海面
不给我一点自由自在的呼吸

他们说海边的生活有点浪漫
黑礁石上往往写满了枕边诗
海的温柔海的散淡随风而来
有人无眠在这鱼腥味的夜晚

星星点的灯幽暗如人的心灵
海浪轻声的呢喃如神的告慰
远离了世俗的傲慢城市的墙
今夜我要匍匐在无人的沙滩

我想海有多辽远天有多空寂
我曾无数次幻想海边的生活

那些在暮色中的芦苇

那些在暮色中的芦苇
指点我夜行的路会有多长
而在风中弯腰的芦苇却说
风的曲线需要用心才能看得见
在清晨我也与你不期而遇
你用怀疑的眼光质问我
你生命的重量不及我的一片芦花

我曾在不同的时间
与不同的芦苇相遇
你的温顺和绵羊相似
但不说明你没有坚硬的脾气
你的生存之道是顺应自然
至今我却还不能够理解
所谓命由性造不过是一幅张扬的幌子

在黑暗的河流之旁

我体会到的是你假装不轻易的抚慰
明天只不过抹去了昨天的模样
今天展现给我的是你的柔韧
那些暮色中的芦苇背负的是
这个地方的人们不轻易流露的悲伤
生活过于强大,情感只能自慰

就要被一种空旷的诗意拉扯

就要被一种空旷的诗意拉扯
沿着荒凉之地行走
金黄的老虎隐没尘间
我不曾再次发现它柔软的皮毛
这是多么可惜的时刻
我相信,那些美好的事物
从来不会暴露在晦暗的街道
而地下铁轰轰隆隆
仿佛就要粉碎这唯唯诺诺的生活

八月的灰烬

在大地的内里
温热还没有退却
因故障而歇息的火车
停在郊外的铁轨上
子夜二时的风有点凉了
生于八月的人
注定一生的悲哀要多于别人
想要乘风而去
却又滞留在风的中心
他们试图远远地落在时日的后面
却又不得不装满了八月的灰烬
转眼就要进入微冷的月份
却发现鱼尾纹已经爬满了眼角

不,我不会当你是空气

不,我不会当你是空气
因为看不见的空气是我的必需品
这缠绵一夜的雨声
如果我不在乎,那么我会把自己
当作一根木头放在适宜沉睡的床上
或许我有太多说不清楚的思虑
愧对这六月潮湿温热的大地
如果我不在乎,我会把你当作
耳边莫名其妙的风
风刮过了管它哪里起了波澜
不,我的沉默是因为炽烈的情感
一个不善于伪装的诗人
终于得到了生活的挽留
不,如果我不在乎

月光十四行

在每一次清晰的回忆中,你总在我衰老的
身心里面,你的面容配得上这柔和的
月光,像清水拂过大地的沟壑
从遥远的天际俯视,这是多么优美的曲线

咫尺天涯,有时你从海上而来
乘着轻柔的微风,却也带来了我的悲伤
我醒在生活的牢笼里面,一只金黄的老虎
来回奔走,月光照亮了它沉重的步伐

哦,我抒写了太多无用的激情
胡子拉碴地,好像对万事万物失去了兴趣
只有那清凉无声的月光还毫不吝惜地洒在我的窗前
使我不能忘怀每一次清晰的回忆

今夜,你还要照亮中原和江南
可我身处雨雪中的高原,再也不能接受你温柔的抚慰

海风为我指引通往蔚蓝的路

海风为我指引通往蔚蓝的路
还有不停息的潮声
哦,这是大海慷慨的馈赠
而我却无以回报
我把肮脏的身子交付于你
却把痛苦的魂灵留在了岸上

你把纯净的蔚蓝从天际带来
为我洗去那些无用的汗渍
在你长满海草的黑礁边上
我怅然地眺望不再回来的时日
哦,我的渺小,我的惭愧
在我的胸膛隆隆作响

今夜的月光

哎,可怜的怅望
今夜的云层遮掩了月光
是谁在赋予今夜月光的意义
令世人对黑暗视而不见

当然,今夜我们会谈论月光
是因为暗中的我们有诸多心事
等待着天明的秋露
来尽情显示时日的悲凉

哎,对于伤感已久的诗人而言
今夜的气氛过于缠绵
枝头上的什么鸟缩成了一团
模模糊糊地像是一点喜悦的灯火

只是,我知道月光收敛了它的个性
今夜它聆听着地上的聒噪却无动于衷

首肯

我首肯夜里流浪猫凄厉的叫声
冰冷的雨水在它的眼里打转
我首肯不眠的人把灯打开
翻开一本别人的诗集读到了末页
这是一个半边脑袋发麻的雨夜
我不得不首肯潮湿的空气
模糊了我坚硬如石的边角

是谁在我的杯中斟满了酒
让我首肯一饮而尽是畅快的人生
屋顶上树林间的鸟声如此喑哑
以至于时日被拖沓得更加冗长
我首肯我虚度了诸多美妙的时光
雨水冲刷着城市我首肯它的能力

野外

我还是偶尔会到野外去
看着雷雨云逼近山峦和树梢
这像是一种信仰

彩色相间的蜻蜓盘旋在草丛之上
总给我一些意想不到的欢喜
它们不像那些厚重的灰尘总积压在脚面

看,那日复一日有限的肆意
如同漫长雨季里漏出来的一点阳光
轻轻抚慰了城里那些蓝色的屋顶

而那些曾经失落在野外的星星
会在黎明时分跃然我的纸上
一个以字为食的人这下有福了

我还是偶尔会到野外去
像是人类的弃儿终于找到了久违的父亲

我那心中的"海盗"

在我的海洋里面
如今只有蓝的忧郁
那晶莹剔透的盐
如今只在我还未老去的眼里
黄昏如大鹏鸟的翅膀悄然降临
它们早已呆若木鸡

我那心中的"海盗"
也很久不在生活的刀口上舔血
它们自陆地溃败而来
暂时把命寄存在寸草不生的岛上
风在吹着雨在刮着
等待着在未来被鲜血和烈火唤醒

哦,时间已经过了太久
那曾经高傲的斧头也已经砍不下一块木头

我不止一次地走向宁波的落日

我不止一次地走向宁波的落日

在晚风的微醺之前

我还是那么地羞涩

裹挟在电动车的聒噪里

不止一次地回望那过去的白天

白天里的白日梦啊

我忍受了我糊涂的羞涩

努力与你们为伍

不曾有出格的言辞出轨的意图

于是，一个不善饮的诗人

在酒杯里面看见自己蹩脚的人生

那么一点点的酒意

试图糅合昏黄的诗意

我不止一次地走向宁波的落日

找寻那星辰形成之初的模样

至少

至少生活还有海

色彩斑斓的鱼等着上钩

它们或大或小

或胖或瘦

都是我抒写不尽的诗意

哦,多少个面目全非的日子里

那呼啸的火车

总带我驶向远方的大海

让我还不至于等着老死

那海上的星辰

那远方的神秘

至少还耐心地等着我

哦,原来我是多么幸运

至少生活还有海

夜莺与杜鹃

如夜莺在黑暗里的轻唱
包含着许多不为人知的词汇和旋律
正如夜莺代表着悲伤
这与我的杜鹃相似
我为我们之间无法用语言的交流
而感到深深的遗憾
这又如同深夜里的一场大雪
在黎明时分掩饰了许多不为人知的肮脏
哦,今夜,我的夜莺驻停在我的杜鹃之上
它们组合在一起构成了我不完美的中年
中年并无过错,如同一条奔腾的河流
来到了平静的湖面
我们的心于是也静了下来
所以夜莺也罢,杜鹃也罢
它们只不过是心中的幻象而已
只有人声,或宏大,或细微
才能表达发自内心的巨大喜悦

致青年的一首诗

多少年来我的老年斑

和空气一样一直在扩大

亲爱的青年,我有时真为你们感到难过

并不是因为我行将就木

也不是因为我的伤悲已经重过了时日

而是因为你们,因为你们

到今天还没有感受到切肤之痛

你们的身体过于轻飘

你们的欢愉多于不幸

你们还对未来充满希望

就像我曾经的青年

到今天我是如此痛恨它

多少不可告人的事

在青年时期做完

多少被精心罗织的罪

加在青年的身上

亲爱的朋友，在我为你们难过之余
请允许我一个老人最后的忠告：
不要求全于重复的生活
不要无颜见江东父老
而要委曲于爱人的翘嘴
要有愧于纯洁的月光
这样过了多少年以后
我肯定会向你们致以最崇高的敬意

带鱼养殖场之歌

这一晚月黑风高
我突然听见带鱼养殖场在唱歌
像是寂静中的惊雷
连梦中的海水也出了一身冷汗

在我收敛暴躁之后
我终于看清了带鱼们的嘴脸
它们嫉妒诗人
像是不仁者蔑视流浪汉

唉,诗歌的技艺已经散尽
只有奴役的诗意广布人间
在带鱼养殖场的歌声中
我终于原谅了它存在的必要性

存在的似乎总是合理的
带鱼歌舞升平,诗人失魂落魄

再见,秋天

一阵风吹来,我知道秋天就要远去
但我不说,诗人不是天才的演说家
我已经说了太多的话,用数理化的
表情,而诗的话应该是精炼短促的
我也不爱听翻报纸的声音,沙沙的
像一只被割掉了声带的喉咙,叫你
保持沉默,还偏偏要聒噪不停
而我,至今依然沉迷于秋天的味道
那种混合着烟草的月色,柔和恬美
只是在一阵风吹来之后,我感受了
大地暗地里的隐晦:再见了,秋天
这是多么无助的时刻,对于只钟爱
秋天的诗人,此刻已抱起了热水袋
这是因为在秋天他没有把自己养肥
也没有睡足,太多的噩梦不请自来
还是要期待土星离开天蝎座的时候

某种黑暗的命运就会如一阵风吹过
刚好在今夜,我收到了秋天的遗书:
任性不是罪过,宽容体谅才是美德

致银杏

如你所言,一叶落而知秋,满树光身临冬
我人到中年,也失落抒情的武艺,也临冬
但你不怕冷,这是命运使然,落叶是温床
你牺牲所有的诗意,或许只为了打点人生
这天下午,我带着一个不胖不瘦的小女人
睡在你的床上,收起了刀剑,藏起了弓箭
她也不高不矮,比你的情人更加温柔多情
连鸟也喑哑了,在于无声处,我泪流满面
如你所言,日复一日,秋天也是那么残忍
只是在梦中,那秋鹤高鸣,才是唯一慰藉

趁着

趁着还没被时间锯开,多行无为之事
听歌,写诗,打牌,喝酒,吃茶
夜观天象,白日做梦
走路的时候也不必先设定几圈
趁着北风刮来,落叶将被秋天抛弃
人生的下半场,要像半瓶水晃荡
如果总是被理想所伤害
那何妨再来一次伤害:
爱情呀,别那么盲目,行吗
趁着大家都还在街上扫描那些波涛
我却看见你的抒情已变得不再可疑

像江南的风一样

像江南的风一样

柔和,细碎,轻盈

小道消息丝丝入扣

在人群之间

它说出真相

如同我们闻到彼此的体味

这是日常生活的必然

完全不必心虚

何况是在江南

此间人士和江南的风差不多

没有刀光剑影

只有风月无边

海边冬日

原来,漫长的时日
还没有消磨我图一时之快的决心
说去海边吧
与寂寞的冬日海边说一会儿话
只是这里的大海很脏,深蓝只是幻想
一群山羊排队默默上了海边的山丘
它们忍辱负重
不会去远眺那已经古铜色的海面
只是低头找寻着冬日里剩下不多的绿草
哦,大海与山羊
其实我和你们一样
区别在于我还能够写下几行诗句:
黄粱一梦,不过二十年
我醉卧富翅岛的冬日
听风吹芦苇,听潮拍黑礁
听泪水不知不觉溢出眼眶

在冬日的海边

空旷助纣为虐,在冬日的海边更冷
沙滩上的鱼,先是渴死,然后风干
其实,在冬日,更应该去海边看看
没有人味,只有天意显现在不宽的冰上
这是多么宁静的时刻,静得连岛屿也耳聋了
一年之中你需要这样的时刻,你的心完全不必只装满夏天
连码头也好像失语了一样,呆呆地望着远方
至于,远方藏着多少秘密,我再也不想探寻

秋天

想当初,秋天把我赶进大海
在码头的时候,那些跑江湖的
把我打得眼青鼻肿
在秋天,软绵绵的诱惑里
我和好的艺术勾三搭四
此刻,我把秋天赶进冬天
惊叹于一个文艺青年的迂腐
那唐诗宋词中的月亮
总尾随他而至,赶也赶不走
一天到晚,它总在酒水里晃荡
只是现在秋天很短,冬天很长
投身于好的艺术的人不需要很多
不需要的还有——
不能说秋天的坏话
秋色当然丰满,只是骨头已脆

文艺青年

他不是锦上那个添花的人
他是鸡蛋里面挑骨头的人

他是与魔鬼打交道的诗人
他是赞歌声中败退的敌人

文艺青年不过是个中性词
这片地域的思维不太正常

最恰当的比喻是他是雾霾
提醒你能够活着算是幸运

历史也已证明他们的罪恶
埋在地下也能够看看星光

进城

夜色涂了墨水

这是小学生级别的比喻

在夜色里穿行

深秋的雨夜星光全无

一条迷路的鱼在至清的水里

失去了存在的理由

进城的人身不由己

城市是一块光鲜的鸡肋

突然

想起城里的人

说明城市还没有磨光我的感情

深秋微凉

深秋微凉,情已入迷

人到中年,再无嚣张

树叶泛黄,就要和泥沼为友

你的头痛病不请自来

脖子已经支撑不起脑袋

当然,不请自来的还有

对于时日无用的喟叹

当这些坏日光照耀大地的时候

我正与回笼觉为友

深秋微凉,不愿长醒

被绑架的是秋天的底色

被玷污的是秋天的尊严

只有那烟,还是那么纯正

只有那酒,还是那么醇和

弹琴

在这个冷飕飕的下午
我对着芦荟吊兰弹琴
琴声时断时续
因为我还喝着茶抽着烟
偶尔有诗意不期而来
我还要把它们写在地上
哦,河对岸的牛
我弹琴不是对你而弹
我对牛弹琴的时间太多了
如今我所痛苦的是
更多的牛在对我弹琴
手法浑水摸鱼
出牌毫无章法
颠覆了诸多人生的常识
所以从今往后
我决定对着所有的植物弹琴
也不再倾听任何动物的弹琴

十月的赞美诗

我把耳朵关进笼子
让笼子在天上自由地飞
在十月的赞美诗里
我也不能放任自己的嘴巴
我把它们统统关进了笼子
让诗歌懂得孤芳自赏
于是我把雨水请到窗外
让灰尘裹着哀伤流向大海
在十月的赞美诗里
原来没有人可以得到善终
在大海的明镜里面
我看清了你们含恨的一生

辑二

在厨房的烟火味里

这些年来

1

这些年来,你深明其义。这些年来下的雨,都比不上这个月的量。阳光是用来沐浴的,可是此刻,阳光到哪里去了。别人读到的是你的诗句,而我读到的是你灵魂里的爱。

2

这些年来,你所见识的雾霾,算是没有白来。它们,从另外一个角度证明了天气的复杂性,以及生在这片土地的艰苦度。这些年来,你也见识了有人把它说成了仙境,当然有时候什么都不说,好像从来没有发生过。而你所期盼的大雪,却一直没有下。你在这些年的脚印,没有留下的资格,除非是在无人的海滩,可是海滩又远在哪里呀。

3

我曾经在洁白的大雪中,让自己死去过一回。如今,经过这些年来,我还想着再死去一回。哦,亲爱的,诗人的理性是伪装的,或许他只是善于克制而已。看,那些曾经行走的树,如今也停在了你的窗前。这些年来,它们已经枝繁叶茂,如狗狗一贯的忠诚。

4

此时无声胜有声。这些年来,夜越来越深了,无眠也越来越多了。你说,这是生命的延长。可是,我总感觉缺了点什么。

都什么时候了

都什么时候了,哪里来的烟雨天
哪怕给我九十九个太阳
也不能晒干我的阴湿
它如这江南遗传给我的阴郁
使我在这一辈子里一直都郁郁寡欢
都什么时候了,我的五行里缺的是火
如今哪里来的烟雨天,让我在水里跌倒
如果是性格决定命运
那么,我还有什么理由这么狠心地怅望冬日呢
是的,这就是毫无暖阳的冬日
通过挂在树枝上的雨点,我终于看清了世界
或许,真不该管它什么什么时候的了
原来我一直生活在这个充满泪水的地方

冬日断章

伤怀在南国,红豆不复言。
看那广州的夜,已经很深了
夜深了,我还是不能原谅这没有你的夜晚
在微信的发现里,找寻着一丝的消息
我在凛冽的风里,痛苦地跌倒在探春的路上
夜深了,我还是不能原谅诗人的原谅之歌
它的天真乃至笨拙,一如暗香
深深刺痛了这沉静下来的太平洋
夜深了,我还是不能原谅这接下来的时日
多么漫长,多么无趣
原来我如此渴望这人生快走到尽头吧
夜深了,我已经看到这温和的黎明
已经在悄然恢复我曾经盲目的了视力

不时地

不时地,有那么一段忧伤袭击我
在自家的院子里发呆
还是在露台的黑暗里抽烟
好像我历经千年把你找到
如今却只能藏在心底
它总是在那么寂静的时刻
一如风中忽闪而过的芳香
却久久地让我沉迷无须自拔
是的,不时地,那么一段的忧伤
是如此沉重,却又如此甜美
其实,我也如这寂静
是那么地能够堪受重负
但是,万事万物尽管摆在眼前
我还是不断地告诫自己:
忧伤,请你慢慢走,哪怕再苦再累
我还是会倒在找你的路上

秋思

这秋乏的,这秋燥的
那个秋台风呢,怎么迟迟未来
这早晚凉呢,那个谁,花痴病又犯了:
谁会对那春天的芬芳感到厌倦
谁会对那疏朗的月明之夜感到痛恨
惭愧的是,一天到晚,四分五裂
连黄昏,也变得七零八落了
在那片虚伪的树林里
许久未见那些诚实之士的拥抱了
那个在下半夜里读诗的人
必定是一个孤独而多情的人
惭愧呀,我已经许久没有写诗了
而且越写越简单了
而且越写越觉得没有写的必要了
就像这群,那群,此起彼伏的
越来越让我孤独了
孤独得让我拉黑了无数的朋友

让我坚定得像块石头退出了无数的群
想当初,你我的秋天混为一谈
秋风呀,秋雨呀,多么富有诗意
而我在其中,感觉自己就是首富
尽管说,首富其实也没有什么了不起
只是,只是,如今的秋夜过于漫长
我再也不能享受不做梦不写诗的快乐
惭愧呀,总是在接近天亮的时候
我沉沉睡去。或许
因为你我都知道,这秋思呀,不过是一场梦魇

从此,舞台苍茫

入秋,落叶如鸡毛
掉了一地。那些走过的人说
从此,你就听从时日吧
曾几何时,我那么骄傲地挂在树枝
像一个英雄的头颅
挂在万众盲目的街上
哦,那些诋毁,那些谩骂
如今在我的眼里,全是浮云
所谓落叶,即是骄傲的败局
所谓浮云,即是命运的面容
从此,就看着自己的身影远去
从此,舞台苍茫

秋天长短句

1

秋天又来了,又可以让我好高骛远了
谈不上悲观乐观,我的世界观仅仅限于三步之内:
一步走向诗与歌纠缠的王国
一步走向命与运互掐的明天
一步走向彼与此辉映的边界
只是此刻,只是此刻
我突然感到,这时日如头顶的树叶,黄了
一如2015年的我,意想不到地感到老了

2

可是,这怎么会是一个让人满意的秋天呢
声色如云,犬马如涛
但闻秋风扫落叶的气度不凡
但闻秋后算总账的指示坚定
天注定,天注定

把你我的秋天融合成了一个多事之秋

3

鹤高鸣,天空远
小学生念着:秋天是收获的季节
如此声,如此色
我原以为青春是可以永驻的
终于到了此刻,我那越来越好的视力
原来早已没有了用武之地:
一切都埋在了心里
一切好像都没有发生过

4

10 年前,你的秋天我的秋天,还未相知相爱
但就在那一年的秋天
我已经懂得,这温凉如丝的秋天,其实是能灼身的
你看,你看,这么多年来
我的心已如青春的废墟,重复着怨艾
此刻,2015 年的 9 月之底
这头顶上的树叶,一片一片地黄了
是的,是的,很多说好的事情就这么黄了
今夜,你怀想的是 10 年前的人

5

那一年的秋天
你一个人的歌声带我前往一个神奇的国度
此后秋风再去,此后秋风再起
原来,我可以这么神奇地活着
此刻,楼下的桂香扑窗而来,我倍感欣慰
岁月在这儿,你在这儿

6

因为没有夏日的炙烤
这个秋天,怎么会高;这个空气,怎么会爽
此刻,我隐没在黑暗里
倾听着楼台对面那个老家伙抽烟时的嘶嘶声
唉,这个秋天的桂花香,已经不可能飘进我的内心了
因为,我的长短句,长长短短,支离破碎
已经不可能再形成完整的篇章了

夜观天象，宜熬夜

夜观天象，宜熬夜
秋夜不深，如我院子
刚好有一些丝瓜在丝丝成长
无论多少远多少近，必须要求自己与蚊子远一点
这世上，没有消停下来的蚊子
现在是秋的夜了，丝丝的凉意让石头更凉了
在黑暗中，我摸出了烟
随后我摸到了光，就这么把夜熬下去
这世上，能够长时间熬夜的人不多了
无论多少远多少近，总可遇见那些不读诗的人
然而在尽头，我还是愿意做一个爱情至上者
愿意牺牲自我，让他们重新走上读诗的道路
不用想见，过不了几个小时天就亮了
可是，黎明再也不能激发我对万事万物的热情

如今，我的胆子越来越小了
如今，我喜欢躲在自家狭小的院子里

我的胆子也越来越小了
院子里的蚊子实在是太多了
一个迟暮的英雄往往流连于酒樽
一个老去的美人总是回味着十八
一个胆小的人看见蚊子如大炮
别再关心灵魂了
那是神明的事情

在这样晦暗不明的夜晚

在这样晦暗不明的夜晚,空气如水汽弥漫的窗玻璃
我曾经在笔间流连无数的月,此刻正在人家的屋顶
而星光在所有人家的屋顶,如豆,如涂满了白漆的芝麻
这样的夜晚,我有一些美好的愿望:今夜要下的雨
请推迟到三天以后;今夜要跳的墙,请再砌高三尺
今后要说的情话,请一股脑儿对着你一个人全部说完
此刻,我的身心一如硝烟散尽的战场
安静得好像这个世上从来没有声音
在这样晦暗不明的夜晚,我看到了这个世上更深刻的黑暗
当然,我更愿意看到天亮的时刻
所以,在这样晦暗不明的夜晚里请把所有美好的梦做一遍
这样,我们就不会再感到孤独,不会再感到那种茫然四顾的悲凉

湖边一棵树

湖边一棵树,枝丫裂了
昨夜的月光之下,曾经吱呀一声
哦,此刻我就在这寂静的湖边
你知道我喜欢着这寂静的湖边
如果你要找我,你可以径直走到这里
在湖边的一棵树下,我的枝丫也裂了
你也知道,我喜欢所有寂静的地方
比如,在湖边的一棵树下
回想起曾经那么不寂静的前半生
心里啊,曾经多少电闪雷鸣
如今,我屈指可数的日子就要与这棵树为伴
你也肯定知道,我的性格与所有的植物相似
当然,你也肯定知道,湖边的一棵树是多么可靠
这么多年,不曾摇来晃去,不曾叽叽哇哇

海上的梦话

你瞧瞧,别以为到了海上
就与岸上有所不同
是的,正是因为你们恰巧也在这里
吃着比萨睡着觉还吵吵闹闹
好像天已经亮了
原来所有的黑暗对你们来说
都毫无意义;原来,我痛恨我自己
如同痛恨你们
我在海上,原来这海水并未隔断
我与岸上的联系
只是海,那么宽宏大量
在黑暗里,还听着你们的梦话
那么响。如果不是因为还有日出
我根本不会怀疑这原来是梦话
天哪,说梦话的声音哪有那么响的
现在,终于到了海上的天亮了
这是多么不容易

可是你们，却在游泳池里睡着了
而我却像那个独自偷欢的傻冒
在船舷旁，看着那一望无际的海

岸上所见

在海上漂了几天,一上岸
脚步轻浮。
世间次不妙的是醉了还不知道醉了
而最不妙的是心野了还不知道心野了
野心会让你我他
忘了在海上的平静
可是,我一上岸,看见岸上的人们
实在太安静了
好像所有的东西都不复存在
好像所有的船只愿意漂在海上
好像所有大地上的炙热
只是为了烤焦一片羽毛
可是,我的脚步还在轻浮
我所活着的世界却不再摇晃
想必是那一个钟情于纯粹的人
已经囿于了纯粹

在七月的夜里

在七月的夜里,露台上抽烟

不是为了寻找一丝微风

昨夜的风雨已经够狂

今夜的露台纹丝不动

这七月,变脸比翻书还快

多少的故事,多少的细节

需要我十分完美的记忆来完成

可是,我抽着烟,神思早已离开了肉身

还是很喜欢,在如此黑的夜里

抽着烟,在我所养护的植物中间

一切都静静的。大地从未如此黑暗

天空也从未如此低沉,多少人也从未

如此躁动不安:能像我一样的人

从未如此熬着夜。哎,你这个家伙

已经好久没有写诗了

其实,诗是老虎的屁股,不能轻易摸得

雨中看花记

仙人掌开花,特黄,黄得心慌了
在我这昏黄的露台,我决定做一个无聊之徒
点上一支烟,继续来染黑我并不宽广的眼界
多么不容易,仙人掌开花,和芦荟吊兰在一起
就在这样一个无聊之境,我竟然让自己成了自由之人
多么不容易,在暮春之际,风雨乍起,社会纷争
所幸这千千万万颗雨点并没有打扰我对于无聊的要求
也所幸那些有聊的日子终于扬长而去
那些残枝败叶,原来是我最珍贵的收藏

历史证明

关于这个,那个,历史会证明
多多少少,你是怨我的
因为我的现实里还藏着清风明月
历史会证明,这肯定是合乎时宜的
当然,这肯定也是怨的来由

关于这晚,那晚,历史会证明
多多少少,有情人聚少离多
小清新是怎样压不垮的
因为我的院子里还种着梅兰竹菊
历史会证明,我想你只能在心里
当然,我偶尔会说出口

历史证明,这风雷电来得正是时候
我作为一棵沉默的树,为你站住了脚

此山

此山甚近,一支烟的工夫
院子内招个手就可以碰到
只是,在院子里的日子太久了
此山变成了彼山,院子的墙也斜了

在此时,我总会想起彼时的蔷薇
它的心中必定装着一个大格局
不像我这个寡民,此时念着彼时
在彼此之间,忽然感到了一个小我

如是吾土,人仿佛多了一倍
一夜之间,连云朵也失掉了耐心
只见我的此山,还是不能融入群山
在一支接一支的烟里,好像有点吃醉了

幸运的是,此山连着彼山,此时接着彼时
吾土足够宽广,装得下所有的惶惶不安

一个人总爱在夜里捣鼓星星

一个人总爱在夜里捣鼓星星
特别是院子里的蚂蚁睡觉的时候
所谓万籁寂静,星光有语
这样的时刻,诗人感到了灵光降临

一个人抽着烟,像树一样打着腹稿
盘根错节的,试图厘清白日的走向

哎,这又有一条哪门子的至理真言
夜里不知从哪年开始变得空荡起来
只见这个上不了台面的诗人愿意熬着夜
守着空房,捣鼓着这些星星

是的,好像一夜之间都白了头
在天亮时刻,星星坠落,失了魂落了魄

世界诗歌日

哦,诗人,节日快乐
据说,在我们这样的小地方
你们已经不会飞檐走壁
不如一棵金银花
最多,你们像蓝鲸一样
潜行于千万里的海洋
靠着寂寞,流芳百世

哦,诗人,现在请你务必看清楚
连我们这样的一个小地方
金银花都开满了院子的内外
还爬上了曾经星光宁静的屋顶
所以,在这样一个世界性的节日里
诗人,我要祝你们先行赚满金银
然后,在金银花下给我写一首冷抒情诗

梨花一瞬

梨花一瞬，他们又在咏春
咏春总归轻易，唏嘘倒可以原谅

要往好的想啊，比如桃花源
可恨桃树已被砍光，只有梨花一瞬

其实，也没什么可恨
就让悲天者去悲天，让悯人者去悯人

你只需坐在梨树下，坐在一瞬间
拨弄一下有灵魂的鸡汤，春去或者秋来

万古如长夜
造化捉弄人

中年以后

中年以后,挖了一口井
把自己坐进去观天
我看,夜与昼,昼与夜
我在井中摸到最多的是苔藓

幸好,我的心比天高
情比海深。珠峰就在我的心底
太平洋就在我的心上
中年以后,我的想象力堪比夜鬼

所以,在中年以后
多多少少有了那种丝绸般的忧愁
它们光滑但不浮华,清灵但不轻佻
无不契合我一个人坐井观天的特点

天外天,山里山,中年以后
一切必须都埋在井里,像一个痴人总在自我言语

种下一棵海棠

在自家的院子，种下一棵海棠
海棠是一棵树，树是一件好东西
不唧唧呱呱，好学，还天天向上
如今，院子外面的空气呀水呀，都坏了
院子只有一分地，我猜我未来的葬身之地
也就这么大。只是现在，我还有一个小小的愿望
希望这棵海棠能够停满如叶子般多的星光
哦，我爱过件件好东西，恨过件件坏东西
好东西让我更加悲伤
坏东西让我更加坚韧
在接下来的日子里，我将生死置在海棠树边
多少爱恨交织的夜晚，多少哀而不伤的诗章
只是现在，我还没有足够的信心实现这个愿望
院子内外，像是被打劫过了一样，我心乱如麻

春日迟迟

春日迟迟,墙头的草萋萋
在我狭小院子的墙头外
诸多文理不通的点赞已经叽里呱啦
所幸,春日迟迟来,早早去
万般的花草树木,一现身姿就老了
不过,对于墙头的草而言,早已学会了学舌
而我,一个活在黑夜里喜欢熬星星的家伙
对春秋夏冬已经失去了变幻的感觉
眼睛看到的,耳朵听到的,都是一,不是二
生在此地,活在彼时
白天不过是黑夜,春日不过是冬季
胡乱穿衣,盲目吃饭,仿佛一切都乱了
只有院子里的蚂蚁还活在自己的地方
因为它还知道万变不离其宗的道理

在厨房的烟火味里

在厨房的烟火味里
一个人抽着烟,四顾茫然
他已经不可能再上前线了
战争已经结束,夕阳已经血染
厨房里堆积的是鸡毛和蒜皮
而战争的目的仅是一日三餐
一日一诗终于成为生活的笑柄
哦,安定团结的局面来得多么不易
这里的上上下下皆是和气
但,但是,人人却好像都屏住了呼吸
安静得如寒蝉,心也变得如夜一般
只有到了万籁就要苏醒的黎明时分
只见千万匹战马穿过了厨房的烟火味

春日

春日,花还暂时不肯绽开
花期这么短
比我的诗歌还短
花,多多少少还有那么点哀痛的能力
它不像雨水,先连绵了半月再说
春日的窗台早已布满了湿透的痕迹
所以,这春日终将不会太平
春风比和平饭店还要遥远
在我这个小地方,折腾的还是冷气
一点也不可惜,我的那些哀而不伤的东西
被解说成了无病呻吟
说到底,我本来就不是你们这个圈子的
好比现在,你们看见花骨朵
就说看见了整个春日。而我却说,
花比人强,它多多少少还有那么点哀痛的能力

对着月亮抽烟是一种罪恶

对着月亮抽烟是一种罪恶

那零星的微光,那婀娜的烟雾

在如此这般意想不到的罪恶感里

我却看到了月之暗面在嘲笑你的人生

月亮啊,你展示的是如夜空般的温和

我在底下,却感到无比的寒意

或许,对着月亮

应该舞文弄墨,或者醉酒品茗

怀着一颗沉默是金的心

就是完美

黄昏欲雪

再过几个小时,这将是你的天地

而现在,这天地暂时是他们的

我等,我等,天空发白,屋顶发黑

一切由他去吧,一切由他去吧

想必,黄昏是最适宜雪落的时光

一些年轻的鸟却不恰当地归于了宁静

关于黄昏与雪，我已经写得太多
而关于黄昏欲雪，这将是唯一的一首
此时此刻，我坐在朝北的露台
那种江郎才尽的感觉让我提前进入了黄昏

踏血寻梅

这一个冬天,没有一丝的雪
雪只在记忆,只在梦境
如今中年的骨头接近了脆
只能踏过血淋漓的现实去寻梅
哦,这么多年,在你的手上
毁掉了一个诗人;而今以后
你还要毁掉一个人。让他只会
在菜场中间四顾茫然

年终素描：点灯

半夜，家里所有的灯都打开
让每一片的暗
都无藏身之地
在年终，家中半夜值得呆坐
点一支烟，就像天亮了一样
烟的光看不到
只见雾袅袅，像这过去的一年
天上的灰
地上的黑，都已经太沉
只是在此刻的半夜
我承启家族优良的传统
把家里所有的灯都打开：
它们会照亮一整夜
但到了天亮却失去了意义

恰如春风

冷风里跑到露台抽根烟
恰如春风,夜已至,天未暗
此时,我持有久违的饥饿
恰如其分的词语总是难找
人到中年,已经不会讲话
但香烟会讲话,恰如春风

夜半三更

得意无须尽欢,失意却要满杯
夜半三更,跑到露台对着月亮抽根烟
一年里迄今为止最冷的时候不算太长
水总会变成冰,
想当初,意兴阑珊
连世界的灵气也一扫而光
夜半三更,还是要保持点饥饿感
并且还要保持点黑暗中独处的矜持感
还有什么办法,可以把这黑夜变薄如镜子
照出自己的脸,反省一日的得意与失意

哦，我的两三支

哦，我的两三支

多么可怜

如今，坐下来可以抽的地方

也只有了三个

院子，露台，或者河边

哦，我的两三支

多么自由

比我想象中的还要自由

特别是午后的院子

夜晚的露台

或者是无迹可寻的河边

点上两三支

感觉世界根本从未存在

在自家的院子里

在自家的院子里,要多看看
亲手种下的那些花那些树
那么些过去的时间,要多看看
而不是往院子外面东张西望
然后,思无邪
你的白,泡在中药的黑汤里
为了保持白,我们付出了那么多的艰辛
为了在某一夜的大白于天下
我在自家的院子里数着温度计的下降格
多么纯粹,这个家伙就要变成了一块望夫石
有期待,就有美好
茶凉了热了,我续了一下午

深山

古人的节气观如今全都作废
什么小雪大雪,如今到处春天
那元月的一天,入深山
深山里,观松涛,听竹语
深山外,熙熙攘攘
想必,深山有宽袍如风
有捻须吟诗的做派
有红袖添香的格调
如今
深山已经不够深,浅如春天
这日光,千百年来一成不变
在松竹边,静坐一下午
思虑着这深山的千变万化:
是谁散乱了松与竹的格局
以至于深山之格调亦无存
所以,必须想此后
此后指导我在深山里外的走向

如松与竹，代表着古人的志向
你可以不讲，但我不会不论
一如如今混乱的季节，令深山亦无法适应

发呆久了

发呆久了就会成为呆子
睡觉久了就会成为睡神
他不是胡大师,因为一个女孩的早逝而眼含泪水
只是提醒着这一句古训:不以物喜,不以己悲
所以,发呆和睡觉可能是最好的兄弟
他们像回不去的故乡,能够抚慰游子漂泊的魂灵
"海一望无际,我在浪里"
在月光底下,越伪装,越炙热
哦,原来他不是呆子,他不是睡神

谈艺录

住在京师的迈克尔,走了
十年间,读了《谈艺录》
这一晚,他面目可憎:空气太坏
我在京师,已经住了一半的人生
我羞愧我还没读过《谈艺录》
汉语已经无法给我归属感
与京师一样,我只是暂时寄存
我的肉身。其间,我年年省亲江南
可是,江南空气也是太坏
哦,亲爱的迈克尔,你还是一走了之
抛弃了我的爱情,践踏了我的尊严
尽管你曾经想成为一个地道的京师人
如今,我孤儿寡母,在南北两地徘徊
案头上的《谈艺录》已经蒙上了灰
这灰由空气带来,却从未带走

辑三

从星辰大海到油条豆浆

从星辰大海到油条豆浆

在初冬,星辰掉进大海
在初冬的早晨,油条掉进豆浆
与此同时,一个初冬的人也掉进了大海
足够冷,很必要

一个不是初冬的人
是不会看见满是星辰的大海
他们裹着棉被的暖气
哆哆嗦嗦地走在油条豆浆摊的路上

从星辰大海到油条豆浆
我浪啊浪啊,像一条石斑拍在了岸上
我的浪啊,我的浪啊
在初冬的早晨凝成了冰

我的宝马,我的中华,我的麻将,我的当代口水之诗
就如星辰大海在油条豆浆汤里激烈地翻滚

又见山水

1

在老胡的画作里,总有山水的背影。至今,他已活过五十多年,想必那山水间藏着的这座精神病院是他的最爱了。

而我,还没有看见那精神病院的屋顶,至今只是在山水的皮毛间插科打诨。哦,今夜,我多么希望,在我的简历里也能有山水的位置,也能够一览这精神病院的风采。

2

山水神奇,比香烟提神,奇怪的是我再也写不下一行诗了,尽管心中充满了诗意。山水无情,连天上的云再也白不起来了,所有的郎情妾意还有多少值得回味。

在老胡的画作里,山水却又是既不神奇也不无情,平淡得一塌糊涂,好比他的精神病院里从来没有喧闹之声。

3

曾经，我是多么热恋山水，如同山水热恋着我。曾经，我是多么热恋这餐桌上的汤汤水水，如同汤汤水水热恋着我的舌头。可是，如今，我在山水皮毛间连插科打诨的勇气也没有了。

不妨，你来看看，这今夜的山水啊，多么稳定。说真的，这个地方，需要一座假山。

深秋的那些个星辰

深秋,那个被合伙的梦境越来越清晰了
那些个乱七八糟的抱怨听多了
院子里的蚊子越来越多了
谁把那些个星辰扔在了地上

而谁,谁的词汇量越来越少了
当初我加入了越来越多的朋友圈
如今越来越没有言可以发了

深秋,早晚的空气越来越凉了
那些个鸟呀早就吱吱地远走了
如同那些个有财或有路的家伙
不用继续在此留下来做梦了

真是幸运啊,深秋的那些个星辰
终于在这个地方的坑坑洼洼里得到了安生

海边梦

那个谁，说明天就要去海边
那个谁，说晚上刚从海边回来
海边没有被一起合伙的梦
只有一些黄金般的细沙和赛过神仙的小酒

诸多对于世界的忘性，总是不见长
自古以来，海边就有那种腥的味道
你该知道，在海里无时无刻也有弱肉强食的规矩

哎呀，你离开世俗已经太久
就一直做着那个不着边际的海边梦
有时候，特别是日落时刻，泡在那海水中
就想着，抽根香烟是多么地畅快

此刻，大家都在梦中还没有醒来
我却远远地看见，在海边居然已经来来去去了那么多的梦游者

云十四行

这天,云都躲了起来
在天宫的屋檐下
猪八戒打起了盹
天天说着回高老庄的他,再也不想回到人间

有一个抒情的青年
此刻想起了昨天的白云
这云多多少少染上了那些黑
我还是改变不了对它的一贯偏见

要怎么写完这首诗呢
光天化日之下,云没有飘的理由
它们在那里明目张胆地聚集
从此连所有的石头都得了日光性皮炎

所以,我不得不写道:云不过是大众眼里的碎渣
一如诸多的希望,总是被绝望所粉碎

院子

1

又下雨了,黄昏很难存在。一会儿,夜就来了。雨水静静地冲刷着夜的院子,我从院子的东边走到西边,又从西边走到东边,来来回回地,想念隔壁的木栅栏,还有木头烧热的火炉子。

2

怎么会烦呢?这肯定不是那连绵不绝的雨水。想那悠远的天空里,挤满了你的委屈。哦,亲爱的,你有一万个理由抱怨那鬼天气。而我,肯定是误解了日子多如树叶的说法:怎么可以总在院子里,一个人走来走去呢。

只有诗歌里的玫瑰，是不够好的

1

夜深了，那些人仍在滥用黑夜。之前，他们与雾霾合作，让我再也看不见夕阳。现在，夜深了，我再也看不见月亮。这个年头，什么也看不见了。他们说，眼不见心不烦。可是，我的眼痛了，因为除了空洞，这世界已别无一物。

2

之前，我已经看清了很多东西，就像我已经清楚地知道，上头的那些家伙，盘踞在黑夜的上空，像一条条棍，搅得这下面的夜晚也不安静。从之前的长此以往以来，直至今晚越来越深的夜，一切终于都安静了下来。还有什么再可言说，一切尽在不言中。

3

安静多好啊，但是只有诗歌里的安静，是不够好的。而你，还好吗？夕阳肯定是不够好的，月亮肯定是不够好的。至于凡夫俗子生活好不好，则要看酱油醋茶好不好。而我，则要看那个医生的操刀水平，是否能彻底摘除我的视网膜。

4

当然，我也请求那个医生请彻底屏蔽我的听力。夜深了，谁还会需要好音乐。吉他蒙上了灰尘，只有院子里老鼠的密谋声声，踏碎了你我的梦。

5

多好的夜晚，最适合想你了。在那个开满鲜花的微信花园里，我要剪一朵玫瑰，放在你的窗前。只有诗歌里的玫瑰，也是不够好的。

白石山记

1

说是下周要下雪,我知道你的名字叫作如雪。这个午后,就来白石山探路:我们已经看见了雪压松竹的样子。

在古人的诗句里,松竹以喻节操坚贞。哦,我说,你就是我的松竹。

2

山不高,有你就灵。山南便见大湖,山北可观小居。半个下午,时间不多,松竹之间,我们谈论起摄魂之术。

那一年,那一晚,那一刻的魂飞魄散。多么好啊,我都感觉到了自己富甲一方。

3

当然,这些话都在我的诗歌里。当面讲来的,都是一些轻轻柔柔的聊天。当然，你突然笑了，说我变坏了。当然，我也跟着笑了。

4

沿途走下来，与那些美好的东西合影，比如这山这水，比如这松这竹。因为我们知道，美好的东西已经不多。松涛阵阵，竹影婆娑，我们就是那白色的石头。

5

走着走着，雪就飘了下来。庆幸的是，这白石山没有让我们白来一趟：在这座山里，我的世界里还有一个同声同气的你。

桃花扇

1

在严苛的空气里,那山脚下的桃花正漫山遍野。这是徐某人在诗歌里的目之所至。今天,又下起了雨,雨在那山脚下正漫山遍野。于是,折一把桃花扇来,那桃花莫非已在翘首以盼那些诸多无情的看客。

2

不出所料,那桃花正在逃离枝头。哦,亲爱的,你想多了。看,这春天多么美好,美好得简直无法下笔来赞美,美好得如同久别重逢让人无法入眠。于是,折一把桃花扇来,那桃花的芳香能够扇去人心中的那种无用的戾气。

3

那只邻家的狗狗从不刷牙,啃起骨头来还是那么起劲。那个傻瓜爱着你,只愿你到了明天还记得。现在这时节，不太分得清。哦，徐某人，那山脚下的漫山遍野是梅花，而不是桃花，不是桃花啊。

4

不过，亲爱的，当别人都以某人为中心的时候，我还是要以你为中心。在奔向山脚的那么些日子里，我把夜都熬了，还在乎什么晦暗的白天。所以，不管是桃花，还是梅花，我知道你就在那漫山遍野的花海里。这花，这海，也是以你为中心的。

正是乍暖还寒时候

1

正是乍暖还寒时候,正好早早睡觉。但,这是不可能的,我还没有到做个游民的程度。当然,妥妥地展望一下游民的日子,也是可以的。此刻,雨水淅沥,白日的人群散去了。哦,我深深怀念在一颗孤星下的心情,在我秘密的生活里,整个夜空被妥妥地碾碎了。

2

此刻,一支烟,一个人,一种寒,正诉说着某种缺席。在我秘密的生活里,我只能从通信工具里聆听你的钢琴声,而它正诉说着你心存成为音乐大师的秘密愿望。

这不,超现实的画卷已在我的眼前铺展开来了。

3

正月二十四,山野泛春,海棠率先开花了。春风,你还是那么地让我沉醉。是的,我有什么理由不沉醉呢。多少个春风沉醉的晚上,我啃食着我们那血浓于水的感情。

眼前的江南

如今,我眼前的江南
还没进入绵长的雨季
却不知哪里来的风暴
连日都晕了,还有什么不可以晕的

在老谢的山水诗里
我怀念那些和平的花和鸟
纷纷的是风,乱乱的是思绪
所谓生活的诗意,如今也已被春天埋葬
你我不同的身体,你我一样的痛

所以,即使现在我拥有整个江南
我也不会感到快乐
谁说这江南只有眼前的苟且
我说这江南还有诸多未来的苟且

所以,当务之急得把这眼前的江南

丢进那微醺的黄昏里
那种英雄迟暮的感觉多么美好
那种万里江山千古愁的感觉多么美好

辑四

临暗之歌

在这里

在接下来的几天里
在这里
我会多说说新泽西的好话
当然肯定不会说那里的坏话
据说那里已经很冷了
哦,请务必保养好你的心肝

这世界的很多地方
我不曾到过
只是从书本或者电视上
领略过一二
关于三三四四的
我知道你会告诉我

下午,看山看水

下午
看山看水
奠定了晚上看书的好心情

不过话说回来
山啊水啊
对好心情起不到决定性的作用

能够起到这一作用的
只有这山水间的人

你也知道
我从不曾想把这山水据为己有
也不曾以此来谋私利

最多只是寄情这山水间罢了
最少就是用来写写诗而已了

世界的很多地方

这些年来
你去了世界的很多地方
有些去的地方
你是过了几年才告诉我的

是的,这些年来
看着你走了一个又一个的地方
我知道
很多时候你是不那么愉快的

这世界的很多地方
其实也不见得那么美
但我知道
你并不是追寻这美而去的

秋声收紧

秋声收紧
好像越活越孤单了

把更多的人
加入了黑名单
此后好像只愿意
与花草为伍

秋声收紧
花草也落得了个清静
多好
世界也只剩下了收紧了的秋声

不想见的人
就永远不要再见
想听的秋声
在树上终将不见

海边

整个夏天
你去了几次海边
最近的一次
你让我听了黑夜中的潮声

这是多美好的声音

你说你在海边只是静静地散步
远远地,还看了看星空
显然,星空已经摆平了大海

是啊
在夏天的海边
已经不用再摸爬滚打了

转眼又快到了秋天
你说

你这次要去那国的东海岸了

从夏天到秋天
从这个海边到那个海边

消息树下

一天下来
被诸多垃圾的消息轰炸
你应该知道
我只需要一点点的你的消息就够了

一点点的你的消息
有时候就挂在树上不掉下来
我看着天的气色
想着它应该好起来了吧

看来看去这天的气色
一时三刻很难变好
这风卷残云的样子
一点点也没有秋天的味道

只好在树下闭目养神
只好在树下若有所诗

请大声讲出秋日的美好

话说,多年以来
像是密谋什么似的
这天外的声音低沉得要命

这秋日的美好
这下午的宁静
这有什么不能大声地讲出的呢

如同深更半夜的手机铃声
如春雷下凡
响彻了多少迷思的梦境

是的,人生至此
还有什么可以再鬼鬼祟祟
天地间只剩下了你如秋日的美好

只是,在这时候,万物都在若有所思

秋天自有秋天的诗

记得夏天
已经写了一些秋天的诗
我总是
不那么应景的
或许我仍然
不是一个见鬼说鬼话的人

秋天自有秋天的诗
在今年
我肯定会惦记
美国东海岸的秋天
在那里
肯定的是我如亲历

那么多的秋天
我只选择和你的秋天
可以不写诗

但心中依然充满了诗意

那么神奇的秋天

那么神奇的遇见

那个朋友圈

那个朋友圈越来越大了
心上人就只这么一位

那个生活圈也越来越小了
两点一线或者三点一线

今天起秋风越来越紧了
人生至此不必痛定思痛

更多的人活在了网上
我们躺在有山有水的地方

那个地方，秋风不扫落叶
那个地方，秋雨也不绵绵

诗

在我写诗的时候
一点不觉得你很遥远

写下来的诗存在阁楼上
你的好轻功不需要钥匙

在我不写诗的时候
一点也不觉得你很遥远

坐下来谈一谈天气
你懂得我的雷暴与闪电

如今,我已不在乌云的中心

如今,我已不在乌云的中心
不足以推动雨水的形成
就在此刻,我愿意以我的独处
陪伴你持续不断的闪电

渐行渐远了
一场雷暴已把我推向更远的边缘
比如在乌镇
我愿意以小女人的心肠怀念曾经的水乡
又比如在乌有之乡
我愿意以一晚上的焦躁来等待黎明的到来

显然,你的内心越来越清楚
无数的闪电已经不足以照亮我的行程
至此以往,将会以我的独处
来写一首与你有关的诗
这样一来
我比更远的边缘还要遥远

窗外的这些白云

窗外的这些白云
习惯于偷看我在窗内的举动
在正午时分
午睡的不良习惯从此被修正了

他说，生命多么短暂
以后的日子有得好睡
他还说，应该积极反对窗外的这些白云
不能飘到哪儿算哪儿

不得不承认
你与窗外的这些白云已经谈不上老相识了
不得不承认
如今与很多老相识已经越来越疏远了

无论如何，还是请你保护好窗外的这些白云
如同保护好你这些再也无法打开的窗

从越地到吴地

从越地到吴地
不过是三百公里
从汉语到英语
不会是三百公里
在吴越之间
在汉英之间
杭州湾跨海大桥
让大海从此不在话下

此后
美利坚或者英格兰的大雪
将覆盖你的书桌

在某一天
或许你会怀念吴越的水乡
但我不会恳求
大海丢掉它浓烈的腥气

显然,我会恳求
此后只是一个时间的段
在吴越之间
在汉英之间
愿你如愿以偿
愿你万般幸福

现在，就让我们

现在，就让我们
在九霄云外静坐片刻
就来谈一谈天气
这样不会伤感情

比如我喜欢月光多于阳光
比如我不喜欢在月光里说阳光的坏话
比如我喜欢闪电多于雷暴
比如我不喜欢在雷暴中没有闪电

现在很可惜
没有月光，也没有阳光
正是它们交接班的时刻
雷暴交加，但始终没有闪电
哪怕有闪电
闪电也已经照亮不了道路

还是这么静坐着
谈一些天气的事情
在这样一个城乡接合部的地方
此时此刻的天气
仿佛就是我

那些阳光月光的问题

阳光过于调皮
我喜欢安静的月光
不过有时月光过于安静
这会让我过于调皮
总的来说
我喜欢月光多于阳光
月光可能是一首诗
阳光则可能是一部小说
那么你的生活
阳光多呢还是月光多呢
如果正好扯平
那可能是最好的了
如果一切都已扯平
海面也就不会再有风浪
那些风口浪尖的问题
那些阳光月光的问题
也就没什么好回答的了

临暗之歌

懒得吃饭

懒得回忆

懒得再去悲欢与离合

露台就是一天谢幕后的舞台

多么安静

安静得仿佛这一天从未开始

仿佛这一生我从未经历

窗外

看起来,窗外都这么生机盎然
只是,只是我关于孤独的生意
还这么萧条
连树枝都往下生长
连远山的背影
都埋在了正午的阴影之下

这有什么了不起呢
并非我一个人
独家经营这孤独的生意
窗内,我只是打着写诗的幌子
让自己有了那么一点特权
这也使得我额外
有了那么一点被消费殆尽的尊严

瞧,月光已经把我晒黑了

瞧,月光已经把我晒黑了
连那星光也来插一脚
在地中海裸泳
真是三生有幸

不抱大腿,不傍大款
不哼小曲,不喝大曲
风吹得很大但又不疾
终于
与一个筋疲力尽的神仙
交上了终生的朋友

想当初
夜色还未阑珊
他和她说好
一起人约黄昏
想当初

我来不及悲欢离合

甚至，懒得悲欢离合

白日里的暑气

让深更半夜凉了半截

真是三生有幸

恕我已经不会呻吟

就像一具木乃伊

在地中海的深处

发出了永恒的幽蓝之光

如此安静,安静得仿佛已经来到了天外

如此安静,安静得仿佛已经来到了天外
天外的飞仙一飞而过
带走了诸多纠缠
就剩下一些文艺
就这么摇晃着来到了我的床边

子夜,二级的风浪不算什么
浙象渔234就这么摇来摇去
没有可以传递的声响
只有可以掌握的节奏
星空下,我安静得如一颗遥远的星

你的内心越来越清楚
你所使用的词语越来越简单了
这意味着你已经服从于这安静的力量
在大海安静的床上
一个穷光蛋占有了万里无边的星空

显然,你已经弃明投暗
偷着黑跟上了大海的队伍
谁都知道,大海的资源无穷无尽
但我从未想着捞取什么
或许只有安静,只有安静才是唯一可取的

在海边(一)

从四月到五月
我去了好几个海边
比如太平洋与巴士海峡交汇的地方

现在已是七月了
海边肯定不会安静了
连不爱出门的胡大师早上也去了海边

在海边，我是轻松的
这不，你就可知道我提早去海边的原因
在吵闹声中，是无法与大海交谈的

到海边我其实也没什么要求
大海作为一种现象级别的存在
我每年不去，心里过不去

特别是像我已经活到了
能够看到同龄人不断死去的年龄了
就越来越承认大海就是我的偶像了

在海边(二)

从四月到五月
我去了好几个海边
比如太平洋与巴士海峡交汇的地方
那时候的海边四寂无人
像是到了遥远的帕米尔高原
在海边
其实也没什么事情做
也没什么前途可以想
大海它作为一种现象级别的存在
我只是偶尔用来写写诗罢了
因此,在海边我是轻松的

在海边（三）

一年之中
总有那么几天呆在海边
我说那个呆啊，是发呆的呆
而不是那个待。其实，待在海边，也是不错的

在海边，最适宜志同或道合的人
呆在一起。如果是一个人，
那他肯定是和海浪交了朋友
推心置腹地，交换着那些风口浪尖的问题

当然，最好是初夏，那么一点点的热
也最好是初夏的深夜，星星有那么一点点的冷
一年之中就呆那么几天，是有点可惜了
总体来说，大海只是稍微修正了我的一些想法

毕竟，这个大海过于辽阔，那个我过于渺小

在这里

昨夜的太平洋平静无比

小波浪只在它极有限的自由里浪浪

外面的风倒是很大

但已经掀不起九尺的巨浪

看起来一切都太平静了

平静得像是从来没有人类

在这里,小道消息在平静地推送

在这里,我们总是谈崩关于大海的话题

远远地,看了远远一眼

远远地,看了远远一眼
手机拍的照片并没有比相机坏
然后就近了,看得清晰了
看起来,风轻云淡的下午
远远地,满山是汗水

远远地,这里是你我他的密境
目前为止,一切于我从简了
于你,则是回来路上的泪水
那个玩着速降的家伙
刚才还远远地,一眨眼就到了眼前

远远地,不能把复杂的都归于天
我知道我的问题并不在天上
多少个日子我在天边
多少个日子我在海边
多少个日子我不在身边

大师进山装水

大师进山装水
装回来煮饭泡茶

一路上来回两个小时
出的汗比装回来的水还要多

山泉水比少女心还清纯
山泉水比大白兔奶糖还甘甜

不知哪个家伙又给月亮抹了黑
大师就用这水洗啊洗啊

大热天里还有比这更好的事情吗
猜猜大师的心里肯定装满了清凉

只是那一晚的下半夜

泡的茶里滚进了失眠的因子

原来是我在院子里抽了一支烟
烟都飘到了他的鼻子里面

我所写的大海

我所写的大海
就是眼前的大海
没有特别的所指
它是太平洋的一角
蓝到黑的样子就是它的本色

正如我所用的词语
就这么一些不到二百个
纷繁的晦涩的
我已经不喜欢了
我喜欢平息了风浪的大海

在我们这样一个小地方
没有更多的象征
也没有更多的讽喻
大海就是大海
大海就是我的偶像

从来不曾想要离开大海三步
哪怕我在空中
也有想坠入她怀抱的欲望
很多的时候
她就这么静静地在我的眼前

也从来不曾想从她那里赢取芳心
也不曾过多交换风口浪尖的问题
我的问题出在天上
海边来来去去了一群群避暑的人
她的腥味散到了四海之内

四海之外,星际尘尘
大海她也不曾抱怨更多
我所写的只是大海

雨后

1

雨后,难得清凉。
在露台的躺椅上,看闲云
幸福来得那么简单

2

虽说是一群闲云
但总是闲不下来的样子
它们挤满了黄昏的天空
叽叽喳喳,到此刻还不安静下来

3

此刻,安静下来的是大海
白天的惊涛骇浪
早已成了陈旧的往事
是回忆,让它们平息了下来

4

放弃了意象和讽喻
写诗不是做生意
也不是做学问
而是像一朵落单的闲云

5

或许,我还可以在躺椅上跳支舞
无论我再怎么猛吃海喝
也已经够不到摘星星的高度了
在我们这样一个小地方
一切都已太晦涩不明了
比如那些诗,那些歌
或许,最好的样子就是
不再有诗,不再有歌

6

终于,手机没电了
要是没有电,还会有这首诗吗

夜观天象

天象,天上的大白象
一直都在
只是你很少夜观
在白天,它是隐身的

天象,比大海还要重上一斤
我知道大海的分量
大海她肥而不腻
同样适合我的夜观

如果把大海和天象放在眼前
我更愿意选择后者
在黑沉沉的夜空里
她那灵动的白皙让我惊叹

只是这样的夜晚不多

在不少的夜晚里

你都干了些什么呢

数数看,你还能想起什么呢

误入北漳

这么长的时间,这么久的弯来弯去
在一个不起眼的路口
野杜鹃也红得过火了
一晃眼,北漳的空山鸟语撩起了我的长发

多少的是非,多少的曲折
相濡以沫总归是一种奢侈
只有在山的深处,我必支持星星的一手遮天
也必反对诗歌的满目苍凉,在人的浅处

这真是一座空山,我只遇见一只松鼠
一辆汽车,一个腰间别着砍刀的老头
此刻,我一点也不关心国家大事和小事
情愿在这误入北漳的路上一直越过路的尽头

春天嘛,就是这个样子

春天嘛,就是这个样子
她说就要去远行,实际上她已经在远行
这个春天过得实在太没意思了
多少花,多少草,以春天的名义生机勃勃

死气沉沉的是这个南方的天气
又要起风了,又在下雨了
这有什么了不起的呢
惹不起的是这流水已经无法计量春天的心绪

哦,兄弟,你的诗歌怎么还停留在抒情时代
你应该学会把语言倒来倒去弄得玄乎一点点
就像这南方的天气,今天捉摸不到明天
就像那个圈子里的家伙,装出一副不可一世的样子

没有谁可以替天行道,也没有谁可以隔空打牛
春天嘛,就是这个样子,就是这个样子

无论

去年的暮春,一点意思都没有
去年的秋色,你我终于平分了
每年总是要有那么一点进步
比如对于身体的认识,比如对于大海的阅读

要和暮春秋色比个高低,你我还嫩着点
那些溜须拍马的,倒有了足够的资格
老虎很生气,过山车也拉下了脸
这日子过得像隔壁的老王,越来越邋遢了

原本冻僵的枝头已在风中醒来
只见它轻轻点赞了一记那个坚持一万步的家伙
请不要再优雅地维持现状了
关于戒烟,还是可以商量着来

无论沧海路,无论桑田路,无论如何
无论这暮春,无论那秋色,无论你我

白云十四行

少得可怜的蓝天,白云藏了起来
在小院子里抽一支烟,烟雾与雾霾不同
突然想起白云的白,这么地白
我不得不执白认负,黑夜已经不知觉地降临

说白了,这白云不是我的菜
说黑夜的黑,它就是你的肉
我舔舐着它,像一只虔诚的狗舔它的毛
一支烟所发出的星豆之光,完全照亮了我的小院子

就在这样的岁暮时刻,大地也陷入了迷醉
城市也空了,如我岁暮之中的小院子
我的诗篇呢,总是结不了尾
在雪一般的寂静中,它也再次迷醉了自己

多么不容易,白云过于了白
多么不简单,这夜的黑,却早已黑过了我认识之中的黑

辑五

松涛记

这一点点的乌云

这一点点的乌云

不足挂齿

在正午时分

三观也正

至于一些歪的影子

更不足挂齿

曾经有很多白云密布

当然不是现在这个时候

至于现在

天气这么冷

我想这天空哪

也真不容易

比如有时候

我曾经拦住了闪电

想用它来交换一首诗

可是它总是不屑的样子

原来在这个时代

诗也一样不足挂齿

黑暗之中,若有所诗

听着隔壁老王的呼噜声
我失眠了。说句实在话
这些年,我几乎不失眠
哪怕是睡之前诗意翻滚
我也像一头吃饱了的猪
多么幸运,我醒在冬夜
唯一的亮光来自空调机
多么幸运,手上有手机
可充分理解世界的苦衷
现在呢?是否可以这样写
有了这样安静至极的夜
我是否可以拦得住白昼
我想答案肯定是这样的
现在谁也拦不住我的诗
黑暗之中,一切的一切
都在若有所思若有所诗

这时候

这时候,黑夜填补了白天的空白
那个谁们,从白日梦里醒来
又开始了为期很远的熬夜
如熬骨头粥一般
熬出了诸如此类不怎么地的诗句

如你所愿
诗和远方损害了谁们的健康
也如你所见所闻
这个地方很多的人
在醒不来的梦里沉睡

负责

道路泥泞

雨水让石头更加坚硬

尽管如此

请你把你的貌美如花负责到底

我则负责写诗

能写多少就算多少

此时此刻

此时此刻,夜已深到了天边
天边已很遥远
仿佛我已在了天边

真是三生有幸啊
我还能如此前往这夜的深渊
还能对着深渊里的寂静说三道四

一单一单又一单
诗的生意突然一下子来不及做了
我怎么可能请人来做呢

你应该知道
这是我独家经营的深夜
这是我独家经营的天边

当然你肯定知道
这是我独家的产出为你所独有

夜行军

夜里
月亮她不知道到哪里去了
这些年来
听说她过得很不容易

我试着私信给她
说要去看望一下
她说
夜里走路让她不放心

其实她不知道
这些年来我已熟透了夜行军
反而对于昏昏沉沉的白日
倒是已经烦透了

过了很久很久
我看差不多后半夜了

她发来了一张近照
说差不多不认识了吧

看着她的照片
月亮她瘦了很多很多
我想她肯定和我们一样
总是被噩梦惊醒了太多次

通过大海

通过大海
我认清了人类
这是我这些年来
唯一用大海来干的一件事情
从来不曾把它据为己有
也从来不曾用它来献媚于世

那些在海底的雪

这些年来
很少见到数星星的人
在朋友圈里也是如此

那些个在数星星的人
肯定是那些个在夜里多余的人

哦哦,互联网时代早就来了

前几天还很热闹的雪呀雪呀
早就沉到朋友圈的海底了

浮个光掠个影
大家就这么表达一下就走人了

诸如数星星之类这样的事情

谁还愿意干呢

此刻
星星正数着那些在海底的雪

每天午后

每天午后
我都会和这一丛芦苇握手
比那些志同道合的同志们
还要亲切
偶尔我还和它交谈几句
亲切得
像是我们已经失散多年

我之所以
喜欢和它在一起
是因为它的任何一个变化
也从来没有一点虚妄

每天午后
我从一幢幢谎言的大楼出来
从早到晚
一直不停歇地

撒满各地

而我的诗

就在这一丛芦苇里诞生

话说回来

话说回来
我喜欢在夜里走一万步
夜幕如大雪压境
一点也不用惊慌

嘿嘿
我过得好像是美东时间
与这里刚好反了个

话说回来
此时此刻
美东正是大雪压境时间
千堆雪卷起

走过了天童南路永达路麦德龙东湖花园
那里的一楼二楼灯还亮着
夜幕中的我

已经走过了一万步

哦
这青春的一万步之歌哪
越唱越悲伤

春雷阵阵

元宵刚过
春雷就来了
这年头
似乎让人有点头大

不过
话说回来
这也没什么稀奇

如果你不曾经历
这么多雷声大雨点小的事情
如果你不曾经历
这么多鹿变成了马的事情

在我们这个地方
请你不要对任何事情感到稀奇
特别是对于元宵刚过的春雷

它们只是

这个地方的闪电

误入了人间

从城里回到乡下

从城里回到乡下
只需带上
一件叫作安静的行李

别的还需要带上吗
近视眼镜也可以抛在一边了
还有什么事呀物呀
可以让你细细阅读

记得那天
戴老师语重心长地告诉我
不要再写那些诗了
写诗还有什么意义

如今,城里不会有诗了
乡下也不可能有了

于是和隔壁的老王聊了一会儿的天
在院子里种下了几棵枇杷树和杨梅树

待到夜深人静
安顿下来之后
却发现行李落在了来时的路上

不灿烂的星空

十之八九

不灿烂的星空

你们看起来都已习惯了

那些个二一的星星

多么灿烂

那些个乌云和迷雾

搞不定它

在三月的夜空下

我已经不再从事

写诗这一过时的行业

哦哦

如今我已走在了

想你这一专业的路上

比如这个深夜

这么夜深了
我还舍不得睡觉

的确如此
这么不灿烂的星空
没有关系
因为你在这里

第一波的春天

之前
院子里的桃花梨花开了
在春天的深更半夜
楼上那户走来走去的人家
踢踏踢踏的声响告诉我
他们在家里踏春

不可否认
朋友圈里都在讨论
第一波的春天

不可否认
那年初见的第一波
一直是春天

瞧，在三月的星空下
那些青草

从不曾被踏扁

那个院子

我也还不曾踏遍

清晨或者黄昏

清晨,先在院子里走了个遍
朋友圈就懒得刷了
城乡接合部可能就是诗歌诞生的唯一地方

写着,老是写着
清晨或者黄昏
这可能就是我收入不高的原因
黄昏或者清晨,还有深夜
写诗其实还是很有意思的

真的很有意思吗
但依旧写着
清晨或者黄昏
还不是依旧个来啊回啊
我呢,就先在院子里走了个遍

春风不得意

春风不得意
所以不忘形
关于孤独,幸福,万古的愁
我们又有了新的共识

那么,诗意呢
我们的意见也不相左
我说,你是诗意
这样,我才能够写出诗
这样,我才能让你诗意翻倍

春天的抒情

春风不自由
吹进了春天
春天的生意并不好做
还是投资点诗和远方算了

半夜里
星空不见得灿烂
春风吹到哪里
哪里总是兵荒马乱

鲜花盛开
香气很少
这个春天的变形已经管不着

就这么说好了
我负责诗
你负责远方

绿茶红茶

上午绿茶
下午红茶
缓解一下世间的累
黄昏的时候
胃罢工了

夜色也不好了
星星罢工了
天文望远镜看到的
是一片黑暗
在天的那边
估计夜色也不会好

这样，那样
我们相识的时候
还没有微信

那时候，那时候
我们绿茶红茶
根本不刷什么朋友圈

那时候，那时候
我们星星月亮
根本不用看夜色行事

前半夜,后半夜

前半夜
你整理着衣橱
我整理着诗章

到了后半夜
我还没有睡意
我在你的衣橱里
叠放起一篇篇诗章
那么真诚
那么隐忍

穿过后半夜的花树
我看到
你也还没有睡意
那些星星的诗意
这么绚烂
这么克制

整个的
前半夜，后半夜
星星一直醒着

海边

那一晚
你说,要去海边呆几天
我说,好啊好啊
每天在人海里混着
的确没有什么意思

人海里又没有风声
人海里又没有涛声
人海里又没有鸟声

哦,天哪
只有那荒唐的人声
每天说着还不够
还写什么"朋友圈"

写的又不是诗
诗只存在于海边

海边
既是我的前线
也是我的后方

这些年来
实质上
我一直在海边
从未想过要深入陆地

纪念日

自从,当年
和沙子交了朋友之后
我在海边的日子
一点也不寂寞了

当年
音乐还是有点忧伤的

这些年来
在我的眼里
兵荒马乱的世界
也变得有趣起来了

沙子越堆越厚了
这,真好啊

好像说好了似的
在你的手机里
我听到了海浪的声音

院子和海岛

那时候

还没有院子

还不知道

院子外的海岛

那时候

我们已经有了电子邮件

来来往往

说着院子和海岛的事

显然

从那时候过来的人都知道

这两者都代表着某种诗意

比如月亮代表着某种情意

说来话长哪

院子的生活主要以神思为主
而那个院子外的海岛
是以梦幻开局

从那时候
到现在
我们已经有了 QQ 和微信
但来来往往的只是一个对方

无论是在院子里
还是在海岛上
午后是必须补觉的
因为在深夜我们都舍不得睡觉

这些年来

这些年来
我过上了一种
以我的小院子为中心的生活
方圆不过 10 公里

纽约远在天边
成都在我的微信里
天涯与海角
它们都在我的诗歌里

在那个小院子里
我无非摆弄了一些花草
偶尔也回忆起
一些被卷进烟云的容颜

夜晚短诗

此刻,暮气扎堆在远东
夜晚已经有了夜晚的样子
我又可以去听松涛了
而,你们
继续吧,继续听那海浪吧

松涛记

自从确立了以松涛为核心的生活之后
星月对我已经没有什么影响了

月光与灯光

已经不记得
多少年前了
那时候
我摸着黑就能睡着
也曾这样写道
黑夜是我的初恋

现在不行了
如果没有一弯月
如果没有一盏灯
就很难睡着了

的确
现在的月光越来越少了
现在的灯光越来越暗了
相反
现在的月光族越来越多了

现在的灯光秀越来越肥了

显而易见
这个人已经越来越难以睡着了
都深更半夜了
还琢磨着月光与灯光的那些事儿

黄昏的时候

黄昏的时候
我们睡了个好觉
在桃花源
我们已经不需要桃花运

外面电闪雷鸣的
听不见什么坏消息了
我们读了孩子的诗
有关美好的诗

此刻

此刻
想起那些
在黑暗中写诗的人
还兼了熬夜的职
的确
这真不容易
这年头诗已经不算什么了

星星点点
远东寂寥
摸着黑的人
本身已经难以白了
只见他写道
白云已经难入人间

图书在版编目(CIP)数据

念远集 / 徐碧著 .— 上海 : 上海社会科学院出版社,2021
 ISBN 978-7-5520-3052-5

Ⅰ. ①念… Ⅱ. ①徐… Ⅲ. ①诗集—中国—当代 Ⅳ. ①I227

中国版本图书馆 CIP 数据核字(2020)第 188219 号

念远集

著　　者:	徐　碧
责任编辑:	刘欢欣　邱爱园
封面设计:	周清华
出版发行:	上海社会科学院出版社
	上海顺昌路 622 号　邮编 200025
	电话总机 021-63315947　销售热线 021-53063735
	http://www.sassp.cn　E-mail: sassp@sassp.cn
照　　排:	南京理工出版信息技术有限公司
印　　刷:	上海新文印刷厂有限公司
开　　本:	889 毫米×1194 毫米　1/32
印　　张:	6.5
字　　数:	115 千字
版　　次:	2021 年 5 月第 1 版　2021 年 5 月第 1 次印刷

ISBN 978-7-5520-3052-5/I·415　　　　　定价:58.00 元

版权所有　翻印必究